글벗시선187 조칠성 두 번째 시집

난곡재의 사계

조칠성 지음

도서출판 글벗

두 번째 시집을 내면서

젊은 시절 배낭을 메고 혼자 전국 여행을 떠난 적이 있었다. 먹을 것, 입을 것, 거처할 것들을 배낭에 넣어 무겁게 지고 떠나는 여행이 나를 행복하게 했다.

비가 오는 날, 기차에서 내려 대합실 밖의 비 오는 풍경을 바라보았다. 그리고 빗속에서 걷던 추억은 욕심 없이 살라는 계시였는지도 모른다. 여기 난곡재에 들어와 농가 주택을 숲으로 만들며, 먹고, 입고 생활하고 있다. 매일 떠나는 배낭여행이다. 난곡재에 앉아 나를 찾아오는 자연을 매일 반갑게 맞이한다. 또 그것들을 정답게 들여다보고 눈을 맞춘다.

어느새 난곡재에서 단독생활을 시작한 지 어언 18년, 내가 심은 묘목들은 성목이 되어 많은 열매를 맺고 있다. 이제 숲이 이야기 소리를 들을 줄 아는 귀도 열렸다. 그러다보니 나를 시인으로 만들었다. 숲이 이야기하는 것을 매일 적으니 어느새 두 권의 시집이 되었다.

노년을 이 숲에서 아내와 함께 살며 그녀에게 자연의 이야기를 들려주고 싶은 꿈을 꾼다.

이제 둘이 여행을 떠나며 숲의 이야기를 통역해 줄 수 있을 것 같다.

2023년 3월

차 례

제2부 생명의 소나기

제3부 삼총사의 모험

제4부 추억 되살리기

제5부 강촌의 추억

■ **서평**

제1부

빨래하기 좋은 날

광릉요강꽃

5월이 되면
광릉요강꽃을 보러
국립수목원에 갑니다

복주머니꽃 중에
연잎을 닮은 요강꽃

광릉이 고향이라
광릉요강꽃이라 이름 지었지요

워낙 귀하신 꽃이라
울타리를 쳐서 보호하고
감시 카메라도 있지요

다른 쪽에
외국에서 시집온 복주머니꽃들
노랑꽃, 하얀 꽃, 색색가지로
복주머니를 자랑하네요

내년에도 5월에
다시 와서 봐야지

기분 좋은 날

늦은 봄
사랑하는 후배가
본당 사목회장을 하면서
가을에 노인대학 강의를 부탁했었다

오늘 찾아가서
오랜만에 노인대학에서 강의를 했다

많은 노인들과 웃고 노래하고
즐거운 시간을 보냈다

후배 말이
오랜만에 수준 높은 강의를 들었다며
점심을 사 주었는데

간단히 점심을 먹기로 하고
갈비탕집에 갔는데

내가 좋아하는 함흥냉면 집이다
이 또한 즐거운 일이로다

즐겁게 사니 좋다

나를 보려거든

나를 보려거든
비석거리에 서 있지 마세요

나를 보려거든
소나무 밑에도 아닙니다

나를 보려거든
물방앗간을 지나

덤불 숲으로
해가 질 녘에 오세요

나는 작은 몸에 수다스러운
눈이 예쁘고 머리가 빨간

붉은머리오목눈이 새랍니다.

무슨 소리야

이사 오며
처마 밑에 심은 벚나무
성년이 되어 우람한데

봄 벚꽃 흐드러지게 피고
더운 여름 그늘 시원하다

나무를 타고 옆집 고양이
지붕에 올라 천장을 뚫고
집안으로 왔었는데

요 며칠 서재 위 지붕에서
똑똑 떼구루루 박박
무슨 소리야?

사다리 놓고 올라가 보니
고양이는 아닌데
알 수가 없다

오늘은 소리가 나자마자
사다리 타고 올라가니

까치 한 마리 날아간다

밤길

저녁을 먹고
핸드폰과 이어폰 그리고 야쿠르트를
작은 가방에 넣어 어깨에 메고

집을 나서며 두루두루 기도를 시작한다
기도가 끝나고 이어폰으로
음악을 듣다가

무논에 도착하니 개구리들이 운다
이어폰을 빼니
수많은 개구리의 울음이 우렁차다

지금 아니면 안 되는
개구리의 함성이다

앞서거니 뒤서거니 하는
가로등 아래 그림자와
내 발자국 소리

그리고
멀리 무논의 개구리 소리를 들으며
불 켜진 내 집으로 돌아온다

버리기

참 많은 걸 쌓아두고 산다
버려도 좋은 걸 버리지 못하는
그래서 온 집 안이 지저분하다

어머니가 쓰시던
부지깽이까지도 버리지 못하는
언제 적 야영 장비들
그리고 유행 지난 옷가지들

그런데 요즈음 나도 모르게
자꾸 버리고 있다
검지에 끼고 있던 은반지
밭에서 사용하던 칼
핸드폰 그리고 시계

나도 모르게 흘리고
긴 시간을 찾는데 소비한다

새봄에는
오래 묵고 손때 묻은
내 소유 물건들의 주인을 바꾸어
새롭게 탄생하게 해야겠다
묵은 가지는 잘라 내고
새 꽃을 피워야지

빨래하기 좋은 날

하늘은 맑고
햇빛은 강렬한데
바람까지 시원하다

이불 덮개를 벗기고
겨울 유니폼을 내리고
여기저기 빨아야 할 옷들을 찾아

세탁기에 넣고
세제를 풀어 돌린다

빨랫줄에 널어
막대기로 줄을 받치니
이제 거두어 손질해서
장롱에 넣으면 되겠다

덮고 자던 이불도 햇빛과 바람을 쐬어
오늘 밤 포근한 잠자리에 들어가야지

꿈속에서
그대를 만날 거다
문밖에 나와 있지 말아요

버스에서 봉침蜂針을

시내에 업무를 보고 들어온다
집에 가는 시골 버스는
지금 타고 있는 서울버스 앞에 있고
나는 앞서 떠나는 시골 버스를 쳐다본다

찬바람 앞에서 30분을 기다려야 한다
집에 가는 버스를 타야 하는 현실이
차갑다

드디어 많은 인파와 함께 오른 버스에는
앉을 자리가 없다
흔들리며 가는 버스 속에
재래종 벌 한 마리 돌아다닌다
이 사람 저 사람 머리에 앉더니
급기야 내 얼굴 마스크에 앉는다
턱 밑 목덜미를 쏘고 달아난다
따끔!

오늘 벌써 벌에 쏘인 지 나흘째
목덜미가 퉁퉁 붓더니 가렵다

목덜미에 혹이 하나 생겨
손이 자꾸만 간다

약방에 들러 벌레 쏘인 데
바르는 약을 사니
약사님 왈 병원에 가보세요

어려서 배추장다리 밭에서
그리고 파꽃이 피는 밭에서
벌 잡아서 놀면서 많이 쏘아 보아서
죽을 리는 없는데 몹시 가렵다

장다리 밭 파 꽃밭에서
막대기에 실을 매서 하얀 종이를 달아
빙빙 돌리면 나비들이 쫓아다녔지

신주머니 모자를 두고
벌과 나비를 쫓던 어린 시절

목덜미를 긁으며 되돌아 가
잃어버린 신주머니와 모자를 찾는다

사과나무

지난가을 열매를 달아
나를 즐겁게 하던 사과나무

이 봄 새싹을 내더니
힘없이 마르며 죽는다

아무리 들여다보고 만져 봐도
살릴 수가 없다

나무는 죽어도 한두 해는
더 기다려 봐야 한단다

내년 봄에도 새싹이 안 나오면
잘라서 훈제 요리 때 써야지

바비큐그릴에 차콜(Charcoal) 숯 넣고
사과나무 토막 물에 적셔 연기를 낸다

향기로운 훈제 고기 먹으며
마주 앉아 사과나무 감사하자

신호보내기

모든 생물은
짝에게 신호를 보낸다

그래서 때가 되면 짝을 지어
종족 보존을 이어 가지

고양이과 동물이나 심지어 나방도
암수가 멀리 있어도 때가 되면 찾아온다

동갑내기 부부는 17Km 떨어진
서울과 시골에서 살지만

말이 적은 사람과의 대화는 고역이라
서로의 생사 확인을 신호로 보낸다

오늘 4Km를 걷고 지도를 보내면
잘했어요

그게 우리 노년의 하루 대화다
어쩌면 몇 년간의 대화 방식이지

어떤 날은 빼 먹기도 한다

아가위나무

붉은 꽃 산사山査나무 꽃이 폈다
서양에서는 신부들이
머리 장식으로 쓰는 꽃

5월의 꽃으로 사랑받는 꽃
메이 플라워(May flower)

붉은 열매는 한약재로
정과로도 만들어 먹는다

어렵게 핀 꽃 한 송이
오고 가며 들여다보며
혼자 웃는다

아기 동백꽃

선운사 동백꽃은
5월 중간고사 때 피어
몇 번 구경을 갔는데

11월부터 피는 남녘 아기 동백꽃은
사진으로만 보게 된다

제주도 동백꽃 군락도
끝 무렵에 몇 번 가보았고
만개했을 때는 못 가봐서 아쉬웠다

그나마 예쁜 기억은
천리포수목원에 동백이 피던 어느 날
밀러 원장님 나를 인도하여
귀한 동백꽃을 설명해 주시던 추억

동백은 오늘도 꽃송이 전체가
뚝뚝 떨어지는 소리가 들리며
너는 왜 오지 않냐고

동백아
이제는 너를 봐야지
비올레타가 죽기 전에

신발

버리지 못한 신발들
신발장에 그득하다

무대에서 연미복에 맞춰 신던 검은색
드레스슈즈
한여름에 끈으로 엮은 망사 가죽구두

고급 가죽 등산화
발이 편한 SAS구두

수많은 운동화는 더럽고 해지면
버리지만 애착이 가는 가죽구두

1960년대 을지극장 부근
송림 등산화를 맞춤하여
수 없는 산과 들을 오르고 달리던 추억

해진 송림 등산화 뚫린 구멍마다
추억이 있어 버리기 힘들었다

이제 정장을 입고 나설 데도 없고
무대에 서서 지휘할 때도 없지만
신발은 잠시 더 신발장에 넣어 둔다

아침 뜰에서

자리에서 일어나
아침기도를 바치고

개들의 밥을 주고
블루베리를 딴다

파랗게 익은 열매들이
조롱조롱 달려서 먹음직스럽다

한 소쿠리 따고
넝쿨 속에서 호박과 오이도 딴다

잔털이 보송보송한 애호박
잔잔한 가시가 있는 오이

블루베리는 아내 주고
오이 호박은 옆집과 나눔 해야지

오늘 저녁엔
된장찌개를 먹겠구나

어린이날

– 입하立夏

하늘은 맑고 푸른데
아이들이 웃는다

노인이 사는 집에
웃음소리를 들으려

어린 묘 들을 심는다
상추, 고추, 호박, 참외
토마토, 가지, 오이, 케일

지지대를 받쳐 주고
물을 주고 벌레 못 오게 하고
병에도 걸리지 않게 해야지

푸성귀가 웃고
제 꼴값을 하겠지

손주들도 잘 자라
행복하고
꼭 필요한
사람이 되길 기원한다

어머니, 사랑합니다

낳아 주시고
품어 주시고
먹여 주시고
보호해 주시고
자맥질 가르쳐 주셔서

편안히 잘들 때 보호해 주시고
언제나 지켜주셔서 감사합니다

수많은 들고양이로부터
한 마리도 잃지 않으시고
잠 못 자고
지켜주심에 감사합니다

또
제가 떠날 때
손 한번 흔들지 않고
기운차게 떠나는 걸 바라보심에
감사드립니다

그런데 지금
어머니
보고싶습니다

오늘

나이 칠십이 된 제자가
스승의 노래를 불러준다

스무 세 살이 되던 해
지방 고등학교 1학년 담임
열일곱 살 열여덟 살 학생들과 한 식구
2학년 때도 함께했다

50년이 지나 제자는 성공하고
자식 농사도 잘 지었는데

해마다 안부 전화와
건강식품을 보내더니

오늘은 스승의 노래까지
전화로 불러준다

. . . . . .

늦은 밤
감사의 기도를 한다

오래된 기억

한여름 깊은 밤
열린 문으로 계곡 물소리가 들린다

허기진 캠핑을 채우러 한밤중에
주섬주섬 장비를 챙겨 서울 밖 산으로 간다

농다치 고개를 넘고 어비계곡으로 들어가
물가에 주차하고 천막을 친다
전등을 빼놓고 와서
차 전조등을 비춰서 천막을 설치한다
짐 속에서 랜턴을 찾아 켜놓고 식사를 한다
하늘의 무수한 별들을 바라본다

계곡의 작은 개천은 깊은 밤이오니
세상의 소리 나는 것들이 멈추자
어느새 큰소리 코골이로 변한다

오늘 문밖에서
개천이 코 고는 소리 들으며
참으로 오래된 추억 기억났다

그런데 집 앞 개천은
오래전부터 흐르고 있다

신인상 등단 소감

자연 속에서 살기를 좋아했다
도시를 벗어나 숲속에서 잠자기를 좋
아했다

시 읽는 것을 좋아했다
따뜻한 시를 좋아했다

그렇게 평생 살다가
시골로 들어와 농가 주택을 숲으로 만들어
그 숲에서 살다 보니
사는 이야기가 시가 되었네

오늘 글벗문학회에서
신인상 등단으로 등단 소감을 쓴다

이제야말로 자연과 숲을 사랑하는
면허증을 받는 것이다

더 아름다운 숲을 이야기하고
더 아름다운 시를 쓰겠습니다

글벗문학회 감사합니다

우리 집 철수

봄볕에 밭을 갈아엎으면
튀어나오는 철수
시골집에 오면서부터 만났다

오늘도 김장밭에 물주고 돌아서는데
연꽃화분 위에 웅크리고서 나를 바라본다

처음에는 연못을 길게 파고
수생식물을 길렀다
그늘이 져서 다섯 개 큰 화분에
연꽃을 옮겨 심어 가꾼다

철수는 우리 집에서 몇 년을 같이 산다
개구리는 삼사 년 살면 오래 사는 목숨

똑같은 모습의 철수가 해마다 있다
우리 집 연화분에서 알을 낳는다
올챙이로 개구리로 자라고 있다

18년째 철수랑 나도
우물 안 개구리

제2부

생명의 소나기

농사가 어려워요

금년에도 김장 파종을 해요
배추는 모종을 사서 심고
무는 파종을 합니다

밭을 갈아 비료와 석회 적당량 넣고
비닐 멀칭을 한 뒤 배추 모종을
30센티 간격으로 심는다
무는 냉장고에 보관했던 씨앗을
한 구멍에 서너 개씩 넣고
상토로 덮는다

뿌리 잘 내려 안착하고
발아되기를 기다리다 보니
배추는 폭우에 녹아 없어지고
무는 싹이 나오질 않네

다시 모종을 사서 새로 심고
무도 새롭게 파종을 하니 두 번 고생

날씨 탓도 하고
파종 방법 탓도 하지만
김치 먹으려면 다시 해야 하는 수고
초보 농군 농사가 쉽지 않네

농사가 쉽지 않아요

회초리 같은 묘목을 심어
큰 나무로 자라 풍성한 열매가
주렁주렁 달리기를 기대해요

거름주기, 전정하기, 병충해 방제
함께 해야만 나무가 열매를 많이 달지요

그러니 나무들과 대화를 해야 하고
만지고 들여다보고 사랑을 줘야 합니다

넘쳐나는 과일과 남새들은
거두고 따지 않으면
어느새 늙어 속 씨가 커지거나
폭우에 사그라들지요

작은 열매가 익으면
새들이 먼저 다녀갑니다
새벽같이 해가 뜨면 일어나
내 밭에 들려 아침 식사를 하니
내가 가보면 익은 열매는 없고
내일 익을 열매만 있지요

농사는 나누어 먹어요

달빛에 익은 딸기 잼

언제나 구수하고 웃음 짓게 하는 후배가
청소년 수련원을 정년하고
충청도에 내려가 딸기 농사를 짓더니
서울에 올 적마다 얼굴 보자더니

새만금 잼버리 대회장에서 만났다
딸기 농사는 이제 끝나고 농번기에 들어
한여름을 쉬면서 잼버리 봉사를 한단다

꺼내 놓은 딸기 잼은
나를 생각하며 수 시간 저으며
정성 담긴 달빛에 익은 딸기 잼이라며
너스레를 떤다

나는 달빛에 익은 딸기 잼을
빵에 발라 먹을 적마다
후배를 위해서 기도를 해야지

달빛에 익은 딸기 잼이
입에 들어가니 혀를 녹이도록 맛있다
나를 생각하며 저어서인가보다
후배야 당뇨 조심해라
말과 밥도 부족한 듯하면
오래 살고 더 행복할 거다

목마른 계절

새봄이 지나고 초여름
아침저녁으로 바람이 쌀쌀하다

흐린 날은 있지만 비는 내리지 않는다
어쩌다 비가 온다 해도 병아리 눈곱만큼

석현천은 말라
농부는 모내기하려고
도랑을 내어 물을 모으지만
물에서 놀던 원앙새 길 떠났다

몇 년에 한 번씩 가물이 도지는데
인간의 욕심이 빚어낸 결과다

기우제라도 지내야 할 판
인디언이 기우제를 지내면
반드시 비가 내린다는데
비가 올 때까지 기우제를 드린단다

제갈공명에게
비바람을 몰아오라고 기원해 볼까

고양이 낚시(猫釣)

대문 앞에는 맑은 개천이
일년 사계절 물이 마르지 않고 흐른다
물고기들이 올라와 노는 곳

옆집 고양이들은
헤엄치는 물고기를 낚으려
돌에 웅크리고 노린다

하늘은 푸르고 높다
바람은 살랑살랑 분다

대문 밖
개천에 고양이 낚시꾼
보고 또 바라본다

물에 눈 뜨다

너는 물에 안 들어가니?
물이 무서워요

이 수경을 끼고 물속을 한번 보렴
거기 아름다운 세상이 또 있단다
· · · · · ·

47년 후
물을 무서워하던 풋내기 소년
스키 스쿠버다이버가 되어 대기업에서
큰 활동을 하고 퇴직

원주 간현 강가에서
보이스카우트 서대문지구 캠퍼리 때다

미스 김 라일락

미스 김의 개인 정보를 공개합니다

1947년 군정 시절 미국 식물 채집가
엘윈 M. 미더(Elwin M. Meader)가
도봉산에서 털개회나무 종자를 채집해
미국으로 가져가 개량을 해서
함께 일한 타이피스트 미스 김의 성을 따
이름을 붙여 1970년대 한국으로 수입되어

북한산이 보이는 내 뜰에서
보라색 꽃이 향기를 품고 있어요

무심코 곁을 지나면
향기가 내 발목을 붙잡고
한번 봐 달라고 합니다.

키 작은 미스킴라일락

수수꽃다리가 성형수술하고
더 예뻐졌다

미자 씨 사랑해요

온몸으로 목을 칭칭 감고
분 냄새를 내면서
얼굴은 빨개지고

달콤하고
시큼하고
매콤하고
짜고
맵다

오미자 덩굴
꽃피웠다

백합꽃 향기

블루베리밭에 백합 한 송이
스물한 송이 꽃다발 달고 나왔다

백합꽃 향기
온 뜰에 가득하다

지난겨울 거름을 듬뿍 먹은 백합
머리가 무거워 쓰러질 듯
꽃을 달았다

담 밖에서도 백합 향기
길손을 멈추게 한다

내년 봄에는 백합 뿌리
비늘 포기 나누기를 해서
햇빛 좋은데 심어야지

범부채꽃

소서가 지나고
마당의 범부채
금년에도 꽃을 피웠다

원추리와 나리꽃같이
주황색 꽃

잎이 부채같이 펼쳐지고
꽃잎에 얼룩덜룩 범 무늬가 있어
범부채꽃

해가 지려고 하면
꽃잎이 나선형으로 말아가고

꽃이 지고 씨앗은
베리 같이 생겨
서양 이름은 blackberry-lily

아직 백합꽃과
나리꽃이 개화하지 않은 정원에
범부채꽃 반갑다

빨강 열매 파랑 열매

꽃 지고 열매 달렸네
빨강 열매
파랑 열매

체리 보리수는 빨강 열매
블루베리는 파랑 열매 달린다

체리는 까치가
블루베리 열매는 손주들이 먹고
보리수 열매는 떫어 내가 먹는다

노릇노릇 황매실 익으면
설탕 범벅 되어 항아리에 들어가
각종 요리와 음료수로 먹고

납작 복숭아 익으면
지중해에서 손님이 오려나

밤꽃이 피어
비릿한 뜰을 거닐며
가을 추석 상에 올릴 알밤을 생각한다

새벽

머리맡에서
작은 생쥐가 기어가는 소리

벌떡 일어나
창문을 열고 보니

보슬비가
나뭇잎에 내린다

새벽 4시

조수석을 한 뼘쯤
열어 두어

시동을 걸고
창문을 닫았다

비가
화요일에나 온다더니

월요일 아침은
빗소리에 단잠을 깼다

생명의 소나기

그때까지만 해도
냇물은 조잘조잘 흐르고

세상은 조용하고
아무 일도 없었다

별안간 어둠이 몰려오고
굵은 물방울이 떨어지고
삽시간에
냇물은 누런 흙탕물로 변하고
온통 시끄러운 소리와 아우성들

소낙비
비 그치고 냇물은
흙탕물을 정화하느라
여전히 높은 소리를 내며 흐른다

아침엔
다시 조용히 아우성을 삼키고
제 갈 길을 간다

석류꽃

석류꽃 붉게 피면
남쪽으로 이사 가고 싶다

큰 석류나무 밑에 평상을 깔고
어릴 적 친구를 불러 차를 마시고

평상에 누워
푸른 하늘과 석류꽃을 보며
모차르트를 들으리

찬 바람 불어오면
집안으로 들여놓는 지금의 석류

남쪽의 석류꽃
나를 부른다

설악산에서 새만금까지(1991-2023)

우리는 오십 년 전쯤
푸른 하늘 같은 환한 얼굴로
소년들을 잘 키우겠다며 만났지

오늘 우리는 또 만났는데
그때 모습은 없고
그들의 아버지 얼굴만 있네

흰머리 벗어진 머리
허리는 굽어지고
말과 행동은 굼뜨지

대원들 앞에 서서 나가고
불 피워 먹거리를 장만하고
모닥불 앞에선 별을 보며 이야기하던

지금 그의 가방에는
시간 맞추어 먹어야 할 약이 들었네

그러나 아직
마음만은 푸른 하늘 같고
새만금 세계잼버리에서
설악산 잼버리 친구 만남을 갈망한다

소나기

집으로 가는 길 차창에 물 떨어져
멀리 보니 검은 구름
소나기 몰려온다

비석거리쯤 가면
소나기 된통 오겠다 싶다
정말 비석거리 들어서니
앞이 보이지 않게 비가 쏟아진다

앞차는 깜박이등을 켜고
내 차 와이퍼는 분주하게 움직인다

제주도를 지나 중국으로 간다는 태풍
큰비를 몰고 나타났다
집안에 주차한 뒤
대문을 닫고 돌아서는데
하늘에서 꽈다당탕
폭격하는 소리가 들린다

엉겁결에 허리를 숙이고
땅바닥을 긴다
일어나 피식 웃고 손을 털며
피난 가던 생각이 난다

신발 속의 작은 돌

산책을 나가려고
신발을 털어 신는다

비 온 뒤 하늘은 맑고
공기는 차고 시원한데
물 빠진 논의 벼들이
쌀알로 부쩍부쩍 커간다

흙길을 한참 걷다 보니 신발 속에
튀어 들어간 작은 모래가 불편하다

발가락을 오므려 사이로 몰아보지만
걸을 적마다 발바닥으로 흩어져
참으로 불편하다

나무 등걸에 앉아 신발을 털며
나는 누구의 신발 속 작은 돌이었을까

작은 거절 한마디 한 번의 눈 흘김
한 마디 꾸중

그것들이 작은 돌
셀 수도 없이 많다

안개

온 세상이 꽁꽁 얼더니
날이 풀려 비가 내린다

더운 비가 내리니
차가움이 풀려 안개로 승천한다

먼 산은 뿌옇게 가려
분간할 수 없다
동양화 한 폭이 그려진다

안개 속을 달리는 차 속에서
더는 못 참고 멈춰 서서
안개를 바라본다

산자락을 돌아 희미하게
마을들을 연하게 붓질하며
시나브로 시나브로
사라진다

쐐기벌레 고통

뜰에 나가 밭일을 하다가
쐐기벌레에 쏘였다

벌레는 보지도 못하고
고통만 남겨준다

한밤중 고통은 심장까지 쑤시고
손을 대면 멈추지 못하고 긁는다

돌아누워
내 심장의 고통을 저울질해보니

그녀가 보고 싶은 마음만큼이나 아프다

약을 발라 봐도
고통은 멈추지 않으니

내일은 찾아가
호호 불어 달래야지

엄마는 수영장 안전 감시원

애를 열네 명이나 낳아
모두 수영선수를 만들어

남편 도움 없이
모두 특급 선수로 키웠다

물속에 아이들을 넣고
엄마는 안전을 위해 높은 전망대에 올
라
열네 명의 아이들이 장난치면
두 눈을 부릅뜨고 둘러본다

엄마는 장하다
이 가뭄에 자식들 배불리 먹이고
수영 올림픽 준비하는 거

밤새 비가 내려
석현천 물이 차올라 물고기들 올라오면

넓은 개천 휘젓고 다니며 먹이 사냥하고
가을엔 먼 나라로 올림픽 떠나거라

제3부

삼총사의 모험

가을 첫 추위

영상 5도
집안은 썰렁하고
몸은 으스스하다

식은 밥을 데워 먹어서 그런가
집안이 넓어서 그런가

이렇게 일찍 추워 보는 게 새롭다

아내의 더운밥을 못 먹어서도 아니고

그건
내가 나이 들어서 그런 거다

나이 듦을 알고 나니
옷매무새를 다듬어 본다

가을

먼 산은 붉게 물들어 내려오고
황금 논은 베어져 빈 논

해맞이 다리(日迎橋)를 지나
달맞이 다리(月迎橋)를 건너
귀에서 이어폰을 빼면

자동차 소리에서 벗어나
석현천의 맑은 물소리가 좋다

물에는 흰뺨검둥오리가 어느새
날아와 무리를 이루고

복자기나무는 붉게 물들어
내 눈을 즐겁게 한다

이 가을이 가기 전
많은 것을 담아 두어야지

금년 가을은 어느새
스쳐 지나가고 있구나

가을비

하늘을 바라보고 누운 밭은
언제나 목마르다

그가 언제 비를 내려줄까
구름을 기다리지만
높은 하늘엔 새들만 날아간다

어제 부슬부슬 내리던 비는
밤새 누운 밭을 쓰다듬고
흠뻑 물을 마시게 한 뒤
지붕에 가래 열매를 떨군다

김장 배추 무는
속이 차기 시작해서
제 꼴값을 하기 시작한다

둥시와 대봉시는 붉게 익어가고
후지 사과는 아직 제빛이 안 돌아 푸르다

산책길에 빗소리를 음악 삼아 즐기는데
누군가 걸어준 전화
목소리가 더 즐겁고 행복하게 한다
가을비 넉넉해서 좋다
누워있는 나에게 단비다

감 풍년

성년이 된 감나무 두 그루
대봉시 둥시

겨울 한파에 약한 감
늦가을이면 옷 입혀주고
늦봄에 옷 벗지만

단감나무 해마다 심어도
추위에 약해 몸체는 동사하고
고욤이 열리네

높은 가지 대봉시
너무 많이 열려 가지 부러지고

장대 집게로 열매 따기
고단해요

선반에 올려 연시 만들고
껍질 벗겨
감말랭이 만들어 주전부리로

내년에는 해거리할 테니
거름 많이 주어야지

고들빼기김치 담그기

고들빼기김치가 먹고 싶어
때 늦게 경동시장에 갔더니
남녘에서 올라온 고들빼기가 있다

깨끗이 씻고 다듬어
소금에 약하게 절이고
다시 씻어 양념을 한다

생고추 간 것
고춧가루 새우젓 양파 대파
매실액 밥을 갈아 풀을 만들고
풀 내 나지 않게 살살 버무려
그릇에 담으니 끝

이제 하루 이틀 집안에 두었다가
쌉싸름한 고들빼기김치
밥숟갈 위에 올려 먹어야지

고들빼기를 며칠 우려내서
쓴맛을 빼라고 하지만

인삼도 쓴맛을 빼고 먹는지
그냥 쓴맛이 제맛이다

까치밥

시고 달고 맵고 쓰고 짠
오미자를 따다가

너무 먼 가지 열매

사다리에서
까치발을 해도
안 되겠다

아까워
돌아서며 하는 말

까치밥으로 주어야지

마음이 편하다

그런 소녀도 있었다

날씨의 변화

닷새 전 처서
오늘 산책길
냉동실 문 열어 놓은 듯 찬바람이
몸에 닿는다

하늘은 높고 맑은데
팔과 종아리를 스치는 바람
참 시원하다

엊그제 무덥고 장마 내리더니
언제 그랬냐는 듯
가을이 찾아왔다

여름옷 홑이불 모기장은 치우고
두꺼운 겨울 장비로 갈아야겠구나

해가 나고 바람 좋은 날
세탁기 돌려야지

네가 다 먹었구나

체리 열매가 예뻐서
보기만 했는데

따지 않은 열매가 없어지곤 한다
조금 더 익기를 기다리는데

모처럼 열매를 따려고 하니
남은 건 몇 알뿐

참새일까
직박구리일까

책상에 앉아 창밖을 보다가
까치가 체리 열매를 물고 가는 걸 봤다

범인은 까치 너로구나
거침없이 나무에 앉아
열매를 따서 물고 간다

까치야
많이 먹고
그 임 소식이나 전해 다오

농사꾼(農社軍)

팔월 십오일이 되면
봄에 심어 거두어 먹던
쌈채 고추 오이 호박 토마토를
뽑아내고 거름을 두어
밭을 다시 갈아엎는다

무씨를 파종하고
배추 묘를 심어 구십 여일 간
물 주고 벌레 잡고 돌봐주면
김장철에 김칫독에 들어가
겨우내 밥상에 오르는 김치가 된다

90일간 밭에 나가서
배추 무가 잘 자라게 지키는 게
농사꾼農事軍이다

나라를 지키는 게 군인軍人이라면
농사를 지키는 건 농사꾼農事軍

이 겨울 내년 봄을 기다리며
이 땅을 지키기 위해
땅에 거름을 듬뿍 뿌려준다

리무진 관광버스

빨간 리무진 관광버스
한식 뷔페 집 앞에 서 있네
외국 관광객 식사하나 보다

작은 여행사 한참 잘 나갈 때는
관광버스 대여섯 대 운영하더니

코로나로 인해
여행사 문 닫고 버스는 도로변에 주차

두 해가 지나니
관광버스 어디로 다 사라지고
아픈 세월만 가더니

오늘 빨간 리무진 관광버스
번쩍번쩍 빛을 발하며
식당 앞에 서 있네

나도 비행기 타고
멀리 떠나야 할까 보다

산티아고로 갈까
크로아티아도 좋다

마른 도토리부침

서산 개심사 입구 노점
햇밤 풋대추 고구마 콩 녹두
밭에서 산에서 거둔 먹거리

이상한 것이 있어 물으니
도토리묵 말린 것

한 그릇 사자고 하니
덤으로 주는 정이 더 많다

물에 불려 끓는 물에 삶아
야채를 썰고 간장 마늘 고춧가루
참기름 넣고 버무리다 들기름 넣고

밥상에 올리니
막걸리 생각이 난다

개심사(開心寺) 앞 노점 도토리
마음을 여니
술 없어도 맛있다

만든 소리 자연소리

제번 긴 산책길
선글라스를 끼고
햇빛 가리개 모자
이어폰을 귀에 꽂고
헬스 앱을 걷기로 맞추고
기도를 시작하며 걷는다

기도가 끝나 차도 옆을 걸으며
저장된 평소 즐겨 듣던
음악을 듣는다

일영교(日迎橋)를 지나서
월영교(月迎橋)로 들어서면
목적지의 반이다

거기서는 석현천 물가를 걸으며
이어폰을 귀에서 빼면

물이 흐르며 이야기하는 걸 듣는다
태풍으로 깊이 파여 골이 깊은
돌밭을 흐르는 물은 소리를 크게 내고

넓고 평평한 곳을 흐르는 물은

잠시 숨을 고르나 보다

물을 거슬러 천천히 올라가는
나의 보폭은 한결같고
물은 빨랐다 느렸다

그리고 물은 낮은 곳을 향해 흐른다

귀는 자연을 묘사한 음악보다는
자연의 소리를 더 좋아한다

냇가의 물소리
언제 들어도 좋다

삼총사의 모험

때는 2022년 9월 26일
63년 전 13살 나이에 만난 세 사람
괴나리봇짐에 경유輕油 먹는 말을 타고
행담도에서 점심을 먹은 뒤
개심사開心寺 절에서 마음을 열고
해미읍성 천주교 박해를 느낀 뒤
신두리 해안 사구 근처 숙소

아침엔 해변 산책
천연기념물 해안사구를
샅샅이 관찰하며 자연생태 귀중함을

천리포수목원으로 들어가
고 민병갈 원장이 만든
세계에서 가장 아름다운 정원을 감상
영목항으로 가서
울돌목같이 흐르는 바닷물을 구경한 뒤
원산 안면대교를 지나 원산도까지 가서
대천 가는 해저터널 입구에서
되돌아 나온다

꽃지 해수욕장 가기 전
오래 찾던 맛집에 들려

간장게장과 간장새우 그리고
게국지로 저녁을 먹고

꽃지 해수욕장에서
넘어가는 해를 찍은 뒤
방 넓은 펜션에 들어가
말을 타고 다니며 못다 한 대화를 한다

이른 아침 두 친구는 산책 나가고
한 사람은 노트북을 꺼내
영어 회화 공부로 뇌 회전

펜션 주인은 3대째 여기서 토박이
손님을 정중하고 깨끗하게 맞아
고맙다는 인사를 남기고
태안 동부시장으로 길을 떠나
장 구경하고 점심을 먹은 뒤
귀경길에 들어선다

네비 길잡이가 시원치 않아 복잡한
도시를 돌다가 한 수 높은 길잡이를 택해
즐거운 모험은 안전하게 부인들에게 인수

오늘의 모험은 끝났지만
삼총사 모험은
튼튼한 다리가 있는 한 계속 된다

소달구지

농부는 소달구지에 짐을 싣고
자기 지게에도 짐을 지고
달구지 옆을 걸어간다

노벨상 수상 작가 펄벅 여사는
달구지에 지게 짐을 싣고
사람도 타고 가면 편할 텐데 하니

농부 하는 말
소가 종일 힘든 일을 했는데
짐은 나누어져야죠
이게 한국 사람의 정

이태원에서 양보를 안 하고 밀어붙여
154명의 젊은이가 먼 길을 떠났다

한국인이 가진
정은 어디로 갔을까

배밭梨泰院으로
하얀 국화를 보낸다

오늘 걷는다

해가 져 가로등이 켜진
시골 골목을 지나서

논밭을 지나고 석현천을 지난다
바람은 시원하고
개구리들은 우는데

문득 걷는 오늘이 감사하다

통풍으로 절룩거리고
척추협착증으로
5분 걷고 5분 쉬던 지난날
또 목 디스크로 힘들었는데

지금 허리를 펴고
신선한 공기를 마시며
머리를 곧추세우고
힘 있게 걷는다

아침에 일어나
또 오늘을 걸어야지

수확收穫

금년 농사 수확 철 맞아
조금씩 거두어들이는 재미

아침마다 떨어진 밤 줍고
우수수 떨어지는 호두 줍고

작은 나무에 매달린 배
노랗게 익어가는 거 보고

사과나무 열매
붉게 물드는 거 본다

감나무에는 너무 많이 열려
가지가 부러질 것 같아
받침목 세워주고

복숭아나무는 끝내
열매가 많아 부러졌다

항아리에 봄철 열매 매실은
숙성되고 있는데

작년 감 열매 항아리에 넣어

감식초 만드는데
항아리 입구 싸개가 부실해서
벌레들이 들어가
식초 농사 망했다

올해는 감 농사 풍성하니
항아리 비우고
새로 감식초 담가야지

그나마 먼저 담근 감식초
잘 익어 음식 맛 내고
건강 지킨다

열 시간의 고통

해 떨어져 산책길 나서는데
마당에 풀들이 장마에 웃자라
깎아주기로 했다

잔디 깎는 기계를 돌리며
호두나무 밑을 지나는데 따끔!

쐐기벌레에 쏘여
밤새 고통의 시간을 보냈다

벌레 물린 데 바르는 액을 바르고
효과 빠르다는 젤을 바르고
호랑이 기름도 바르고

집안을 뒤져
광범위 피부질환 치료제를 발라도
신경 선을 타고 올라오는 고통은
잠을 이루지 못하게 한다

아니 살면서 쐐기에게 쏘여 본 게
한두 번이 아니다
고통이 참 심하다
나이탓인가

식초를 희석해서도 발라보고
마사지를 해 보지만 효과가 없다

새벽 네시까지
'누웠다 일어났다'를 반복한다

멜라토닌을 한 알 먹고
간신히잠들었다

아침에 늦게 일어나 샤워를 하면서
번개같이 떠오르는 생각

야외에서 벌에게 물리면
암모니아수를 바르라고
응급처치법을 가르치던 생각이 났다

내 몸에 암모니아수가 있는데
그걸 잊다니

오랜 벗과 점심

벗이 집에 온다니
매장에 나가 장을 봤다

치맛살 돼지목살
친환경 야채
들깨 닭고기 누룽지 죽

그리고 아내표 파김치와 마늘

정원이 쌀쌀해
거실에 교자상 두 개를 펴고
전기 구이판을 준비하고 마주 앉으니

벗들 얼굴이 환하다
앉은뱅이 술로 한 잔씩 건배하고
계속된 이야기는
병원 다녀온 이야기

다 먹은 뒤 설거지는
싱크대 오래 묵은 때까지 치워줬다

오랜 벗이 있어 좋다

유월

바람을 따라
꽃향기 퍼진다

쥐똥나무 톡 쏘는 작은 꽃향기
장미 나무 향 은은하고
밤나무 향 비릿한데

밤나무 향과 함께 흘러오는
아름답고 달콤한 추억

육십 년 전 교복을 입은 남녀가
능내역에서 내려 북한강이 보이는

강 언덕 밤나무 밑에 앉아
강을 바라보며 이야기하던 추억

배에서 고기 잡던 어부와
강물을 쳐다보며 한 이야기가
기억은 없지만

그 장면은 아직도 밤나무 향이 흐르면
추억은 되살아난다

*능내역 : 현재 폐역

이사 가는 날

날씨는 화창하고
바람이 솔솔 부는 초여름

집안은 쌀쌀하고
추운 기운이 있어
컴퓨터와 스피커 커피포트를 들고
뜰에 나와 가제보(Gazebo)로 이사갔다

뜰에는 온 동네 참새들이 모여들어
새로 탄생한 새끼들을 교육하는지
교실 안이 시끄럽다

멀리 날지 못하는 참새는
폴짝폴짝 나무 밑으로

용기 있는 새끼는 개밥그릇에도 덤벼
얼른 물고 나와 먹기도 한다

분수에 들어가 목욕을 하고
털어내기도 한다
참새 학교 수업 중이다

* 가제보(Gazebo) : 정자

제4부
추억 되살리기

강 얼음 깨지는 소리

1968년 추운 겨울
첼로를 둘러메고 광나루에서 차를 내려
워커힐 쪽으로 걸어간다

계속된 한파로 한강은 얼어붙고
멀리 북한강은 파르라니 하다

오늘 저녁도 워커힐호텔 대극장
디너 음악을 연주하러 가는데

파르라니 언 한강은
넘실넘실 춤추며 흐르던
어름 속에 갇혀 자유를 갈망하며
두꺼운 얼음을 깬다

쩌~ ~ 어~ ~ 엉!
강 아래부터 위쪽까지 갈라지며
얼음 깨지는 소리 무섭다

디너 음악이 끝나면
손님들은 식사를 마치고 쇼를 구경한다

우리 앙상블 단원은 무대를 내려오고
살짝 가린 무희들이
즐겁게 춤추고 노래한다

강물은 흐른다

강은
꽃잎을 싣고 웃으며
흙탕물을 싣고 넘실넘실
낙엽을 싣고 노 저으며
얼음장 밑으로도 흐른다

한파가 몰려오는 계절
한강은 물 위로 얼음이 얼고
물속에서는 햇빛을 그리워한다

얼음이 한자 이상 두터워지면
씨앗이 땅을 말고 나오듯
얼음이 갈라지는데

져~~~~~어~~~~~엉
얼음이 갈라지며 터지는 소리
금이 가면서 그 소리 또한
무섭게 울려 퍼진다

60년대 말 광나루 워커힐
첼로를 메고 올라가는
강 언덕에서 듣던
얼음 깨지는 소리 아련하다

겨울비

올겨울은 너무 춥다
소한 추위가 예년과 비슷하다는데
낡은 농가 주택은 난방을 많이 해야
집안에서 활동이 편하건만

올해가 더 춥게 느끼는 건
나이 탓이려니

날이 가물어 바짝 마른 농토에
단비가 사흘이나 내려
쌓인 눈을 치우고 숲을 배부르게 했다
보는 나는 행복하다

비 오기 전이면
차를 닦고 싶은 마음이 드는걸
참고 견디니
비가 더 예쁘다

비가 오니
날이 풀려 안 추워
또 좋다

난롯불을 지피다

설날을 앞둔
을씨년스러운 아침
난로에 불을 지핀다

지난해 정원에서 잘라 낸 나무들을
모탕에 놓고 도끼로 쪼개서
난로에 넣고 불을 붙이면

찬 집안이 서서히 더워지고
내 마음 역시 따스해진다

난로 창으로 보이는 불꽃은
들여다보기 좋고 멍 때리기 좋다

난로 옆 포근한 의자에 몸을 깊이 묻고
어제 받은 시집 속으로 들어가 보자

장작 타는 소리 탁탁 튀고
꿀고구마 익을 때쯤
시 속의 사계절을 여행하고 온다

겨울도 좋다

눈

흰 눈이 펄펄 내리면
마음이 즐겁다

가래를 들고
대문 앞을 치우고
긴 담을 돌아가며 치운다

마당엔 발 딛는 길만 치우고
밭에는 그냥 둔다

그래서
나는 눈이 오면
햇빛에 녹을 때까지 눈을 본다

눈이 녹으면 봄이고
땅속의 수선화는 잔을 들고나와
마주 보고 차 한잔하자고 하겠지

눈이 녹지 않아 즐겁고
눈이 녹아도 즐겁다

여행 가방 꾸리기

지붕에서 소리가 나서
올라가 보니 까치
친구들은 좋은 소식이 올 거라 한다

며칠째 거실에 여행 물품을 널어놓고
오늘 가방을 꾸린다

여기는 입동이 지나 춥지만
여행지 말레이시아는 낮 기온이 31도

겨울에서 6시간을 비행하면
뜨거운 여름인데
공항까지 겨울옷을 입는다

여행지는 우기라 비옷도 준비하고
반 바지도 넣었다

공식적인 행사가 많아
유니폼과 명함을 더 챙기고

코로나 4차 예방 증명서도 챙기면
여행 준비 끝

이사 안 가요

딸이 시집가기 전
우리는 이사 안 가나요

태어나서 30년 가까이 사니
좋은 데로 이사 가보고 싶단다

부모님과 살던 집 신작로 생기며
귀퉁이가 잘리며 도로변 집
사층 건물로 새로 짓고 살기 삼십 년

장가들어 아내 임신해서
직장 근처에 한 해 세 살아 보고

어머니 모시고 새집으로 이사 와서 삼십 년
어머니 떠나시고 딸 시집보내고

아내는 아파트로
나는 시골로 열여덟 해

그냥
한곳에 머무는 게 좋다

오페라 투란도트

늦은 밤
TV를 켜니 오페라를 한다

투란도트(Turandot)
무대에서 혹은 TV로
수 없이 보아온 오페라인데

오늘은 색다른 연출이다
중국 진시황 시대의 병마용 무대배경
그리고 합창단은 중국 공산당 인민 복장

그리고 벽에 걸린 한문 이름
도란타圖蘭朶
바로 주인공 투란도트 공주의 한문 이름

Nessun dorma!
"공주는 잠 못 이루고!" 아리아도 좋지만
왕의 시녀 류가 왕자의 이름을 대지 않고
죽음으로 왕자를 지키던 3막의 아리아
"사랑의 힘. 얼음으로 둘러싸인 공주님
의 마음도"

사랑하던 왕자를 지키던 시녀는 자결하고
그 진실한 사랑에 눈물이 떨어진다

입맛이 돌아오다

여행을 마치고 감기를 얻어
치료차 잠자고 조금 먹고 했더니
체중이 빠지니
다리에 힘이 없어 계단 오르기 힘드네

이것저것 음식을 먹어보지만
입맛이 없어 힘들었는데

벌에 쏘이고 나서 그런지 입맛이 돌아왔다
농민 식자재 매장에 가서
대하 20마리를 사고
생태탕에 무 넣고 얼큰하게 끓이면 좋은데
생산지가 일본산이라 지나치고

콩나물 두부 치즈 우동
꽈리고추를 구매해서
저녁에는 대하를 번철에 굽고
꽈리고추와 멸치도 번철에 볶아
손가락 데며 대하 껍질을 벗겨 먹었다

내일 아침엔
콩나물국에 두부를 넣어
겉절이김치랑 먹어야지

장염과 아내

아내는 장염이 걸려
음식을 먹지 못해
체중이 많이 빠지고
힘이 없단다

장염에 먹어도 괜찮다는
몇 가지 음식을 가지고 가려니
손사래를 친다

조금씩 나아지고 있으니
음식을 가지고 오지 말고
집에 오지도 말란다

손주들도 본 지가 오래라
신정 때 코로나 걸려 못 온 손주들
구정 때라도 간다니
오지 말라고 했단다

안부 전화 걸어보면
전화기 속에서 찬 바람이 불어온다

마음 편히 있게 해 주고
기도를 열심히 해 줘야지

전화가 왔다

1953년생 첫 제자를
1969년 처음 교단에서 만났는데
구정과 추석이면 선물을 보낸다

제자에게는 내 시집을 한 권 보냈더니
혼자서 외롭게 사는 줄만 알았는데
나무와 풀과 자연들과 살며
행복한 모습을 알고 배웠단다

제자는 열심히 살아
재물도 얻고 자식 농사도 잘 지었는데
너무 앞만 보고 왔다며
이제 주변을 둘러보아야겠다고

일흔이 넘은 내 첫 제자
아직도 내게 배움이 된다며
감사를 보낸다

자연은 언제나 침묵하지만
늘 감동하고
나는 앞서서 배울 뿐

첫 추위

지니야 오늘 날씨 알려줘
오늘은 최저 7도 최고 10도입니다

에고 가을비 내리더니
날씨마저 급강하라니

여름옷을 벗고
가을옷을 입어야 하는데
별안간 추워지니
집안에서 벌벌 떠네

내복을 꺼내 입으며
나이 듦을 느낀다

몸에서 열이 나서
눈밭에서도 내복 없이
야영 생활을 했건만

이제는 추위에 덜덜 떨려
옷을 챙겨 입어야 하네

몸이 말하는 대로
채비해야 병나지 않겠지

첫눈이 왔네

.

적도의 땅에서 돌아와
첫눈을 맞이하니
크리스마스가 생각난다

11월부터 크리스마스트리로
백화점 상가를 장식한
말레이시아는 새로웠다

추위와 더위 상관없이
논 덮인 크리스마스트리는
수많은 방울과
선물꾸러미로 장식되고

나도 먼지 묻은 장식을
털어내고 나무에 꾸며본다

반짝 반짝이는 전구로
밤에도 빛나기를 기대하며

올해도 아기 예수님이
행복을 가져다주기를 소원한다

추억 되살리기

1969년 첫 번째 학교에 부임해서
사진반을 운영하며
현상 인화 확대 암실 작업을 배우고
평생의 취미가 되었는데

수많은 사진을 찍었지만
필름으로만 남긴 사진도 많다

우연히 필름을 디지털카메라로
변환시키는 것을 알고

아마존닷컴에 변환기를 주문하고
묵혀둔 추억이 되살아나기를 기대해 본다

앨범 속의 추억을 가끔 열어보지만
끊어진 시간이 이번에 이어질지

서울 장안을 뛰어다니던 시절은 가고
컴퓨터 앞과 정원에 나가고
석현천 4킬로를 걷는 단조한 시간들

추억아 다시 살아나서
행복을 충전해다오

칼바람

마당에 나가니
몹시 차고 매운 칼바람이
얼굴을 할퀸다

얼굴을 감싸고
길고 털 달린 코트를 입고 나왔건만
석현천 바람은 움츠리게 하고

장갑을 잠시 벗고 옷매무새를 고치는 사이
손가락이 얼마나 시려운 지

일기예보에서
노약자는 활동하지 말라고 했는데
습관적으로 나온 눈 덮인 산책길이 힘들다

이럴 땐 집에 앉아
가래떡 구워 먹으며
1975년 결혼식 때
내 신부 사진이나 봐야 하는데

아들에게 보내준 결혼식 사진
제 엄마 신부 화장한 얼굴 보고 하는 말
와 엄마 진짜 예쁘다

한일관 추억

종로 신신백화점 뒤편
명동 국립극장 앞

한일관 식당은 불고기와
냉면을 먹던 곳

이제 압구정동의 한일관은
불고기와 냉면 그리고 음식이
서양식 정식 형태로 하나씩 나온다

소고기를 못 먹던 시절에
한일관 불고기는 최고의 인기였지

오늘 총각 시절 첫 직장에서
함께 근무했던 퇴직 교사들과
달콤한 추억에 젖어 봤다

힘차게 남도 버스 여행을 하며 지난
이야기보다는
지금 자기 몸이 어디가 아프고
어떻게 수술했는지에 관심이 많다

오랜 동지들이여
더 아프지 말고 힘차게 살아 자주 만나세

허황한 꿈

망고를 맛나게 먹고
아보카도를 건강하게 먹고

씨앗을 발라내서
플라스틱 통에 종이 행주를 깔고
물을 뿌려주고 창가에 놓아두니

잎과 뿌리가 내려
화분에 옮겨 심었더니
쑥쑥 자라면서 허황한 꿈을 꾸게 한다

마당에 옮겨 심어
망고를 따서 빙수를 만들어 먹고
아보카도를 따서 **빵에 발라 먹는다**

남방계 과일나무가 우리 마당에?
느티나무보다도 더 큰 나무를

달걀을 광주리에 이고 팔러 가며
부자가 되는 꿈이로구나

화분에 물을 준다

을지로3가의 추억

친구와 을지로3가역에서 만나
1번 출구를 나와
청계천 방향으로 걷는데
한 친구가 "을지 극장 자리네" 하고
또 한 친구는 "어딘지 모르겠네" 한다

점심을 먹고 나오며
여기 송림 등산화점이 있어서
1970년대 등산화를 샀는데 하며 보니
거기 3층에 오래된 등산화점이 있다

예전 산 사나이들은 이 집 등산화를
신고 바위에 올라 폼을 잡던
그 등산화 점포가 거기 그냥 있다

그리고 예전에 먹던
준치 찌개를 하던 음식점을 찾아본다
썩어도 준치라는 맛난 준치 찌개

극장은 문 닫은 지 오래고
준치도 요즘 잡히지 않아 맛을 모르는데
1936년 개업한 등산화점은
대를 이어가고 있다

정원

정원을 가지길 소원해서
내 정원 꾸미기를 평생 구상했다
정년하고 작은 정원을 장만했다

잔디를 심고
나무를 심고
야채를 키우고
풀을 뽑고
정원을 볼 새가 없었다

어느새 열여덟 해
이제는 정원을 감상한다

풀도 자라고
나무도 자라고
열매도 열고

음악도 안 듣고
책도 안 보고

오직 정원만 본다
평화가 온 가득하다

쥐 한 마리

컴퓨터를 하다가 앞을 보니
쥐 한 마리와 눈이 마주쳤다

이게 어찌 된 일이지

농가 주택을 개량해서 사는데
집 밖에는 먹을 게 많아 쥐들이 다니는데
어떤 날 집안에 들어와서
여기저기 쏠아 놓아 정리를 했건만
책상 앞에 나타나
눈이 마주치다니

어디로 들어왔는지 살펴보고
밤이 되면 출근한다는 걸 알아
끈끈이를 출근길에 숨겨놓고
책상에 앉아 작업하는데

덜커덕
쥐 한 마리
출근길에 걸려 저승으로 갔다

내일은 침입 구멍을 메워야지

제5부

강촌의 추억

강촌의 추억

55년 전 1967년 7월 10일
서울의 동쪽 역 성동역에서
경춘선을 타고 강촌역으로 향해
캠핑을 떠났다

그 시대의 멋을 살려 폼을 잡고
군부대에서 나온 장비로 짐을 꾸렸다

대학 시절의 친구들과 캠핑은
몇 밤을 지새우고도 힘이 넘치던 때

다리 밑에 천막을 치고
북한강에 들어가 물놀이 한다

반합에 장작불로 지은 밥과
꽁치통조림에 감자 양파를 넣은 찌개

모래밭에 모닥불을 피우고
별을 바라보며
모두 잠든 천막 앞을 지킨다

낮에는 강물에 누군가 배를 띄우고
빠져 죽은 영혼을 위로하던 장면들

귀가해서 모닥불을 지피던
장작이 옻나무라
몸에 옻이 올라 고생하던 추억은
아슴푸레하다.

겸손謙遜

과연 나는 겸손한가

남을 존중하고
나를 낮추고 있는가

작은 일도
크게 자랑하지 않고
높은 자리 탐 안내고

내 이익을 위해서
남을 무시하지 않고

상대방의 멸시를
참을 줄 아는가

감투에 연연하지 않고
재물에 눈멀고

머리 숙여 천천히 살다 보면
어느 날
겸손의 문을 지나

편안한 곳에 서 있겠지

경동시장

참 오랜만에 다녀왔다
제기동에서 태어나
거기서 초중고 대학을 다니고
직장생활 결혼까지 한 고향

제기역에서 내려 2번 출구를 나가는데
할머니들이 배낭과 손수레를 끌고 있다

설날 준비를 하러 장 보러 가는 행렬
시장은 예전보다 더 깨끗하고
간판이 질서정연해서 더 돋보인다
많은 식재료가 정돈되어 있고
싸다고 소리치며 손님을 부른다

전철을 공짜로 타고 와서
싸고 품질 좋은 자료를 구매하니
일석이조라 할머니들이 찾아온다

약령시장에도 수많은 사람이 넘쳐나고
뒤편 맛있는 서민 식당에는
TV 프로를 찍어 갔다고 광고하는
음식점들도 있어 장보고 밥 먹고
좋은 물건 싸게 사고 1석 3조다

경무대와 청와대

북악산 아래 경복궁 뒤
대통령이 사는 집

이승만 대통령은 벚꽃이 피면
경무대를 2~3일 개방했지

부모님을 따라 가본 경무대는
금붕어가 놀던 연못만 기억되고

어제 가본 청와대는
잘 가꾸어진 정원과 숲

그리고 나라의 위상을 높이기 위한
살림살이와 꾸밈새 격조가 높다

서울에 살면서 들어와 보지 못하던
북악산 아래 청와대 이제 보네

내친김에 광화문 광장도 둘러보자
나라가 강해지니
육조거리 앞마당도 넓어지고 화려하다

고운 떡가루

설날을 쇠고
차례까지 지내고
세배도 받고
떡국도 먹었는데

오늘 아침
쌀가루 같은 눈이 곱게 내린다

설날에 떡 구경이라도 하란 듯이

하늘에서 동아줄 내려오듯
나를 기쁘게 하는
떡가루

귀가

내가 탄 자동차가
집에서 먼 곳에 도착하니

나를 기다리던 3마리 개는
반갑다고 소리친다

개들을 만져주고
먹이와 물을 갈아주고

10일간의 여정을 함께 한
짐들을 정리하고

적도에서부터 묻어온
추억들을 차곡차곡 쌓아 정리하고

집 안팎을 정리하고
더운 목욕으로 노독을 푼다

적도의 뜨거운 태양에서
영하의 고향으로 왔으나

마음은 포근하다

기다림

거부하기 어려운 분께
내가 태어나길 기다려 낳으시고

더 아프지 말라고
진찰권이 닳도록 병원에 업고 가고

공부 잘하라고
과외선생에게 보내놓고 기다린다

대학교만 졸업하면 장가를 들인다고
평생 선 한번 못 보고
무작정 기다렸다가 한 결혼

내 아들 낳게 해 달라고 기다리니
어머니는 손주를 보시고
기다리지 않으시고 떠나셨지

나는 손주가 오기를 기다리고
그녀가 오기를 기다리고

어느 날
성당 지하에 들어갈 날을 기다린다

내 나이

해가 바뀌면
나이 한 살 더 먹는다는 거
누구나 다 아는 건데

오늘 아침
내 나이를 세어보니
일흔일곱 살이다

1947년생이니
두 번 세어봐도 일흔일곱 살

만 나이로 사용한다 해도
평생 세어온 우리 나이가 더 익숙하다

아침부터 바빠진다
등잔에 기름을 채우고
신랑이 오기를 기다리는 신부같이

부름을 받았을 때
네 저 여기 있습니다

자신 있게 대답할 수 있도록
잘살아야지

내 시집

난곡재의 행복

내 시집

교보문고 국내 서적 판매대에 올랐다

YES24에도 오르고

쿠팡에도 올랐다

참 좋다

그리고
부끄럽다

더
열심히 글을 써야지

다툼

한 가지 일에
서로 다른 의견

옳고 그름을 따지기 전에
법을 얼마만큼 아느냐가
해결의 지름길

무조건 자기가 한 일이 정당하다고
도로교통법을 어긴 일인데도

검은 아스팔트와
도로 표지판은 장식품쯤으로 아는

목소리 높이고
네가 잘못 했다고만 한다

너무 답답해서
내 입에서 나온 말

"아버지 저들을 용서해 주십시오
저들은 자기들이 무슨 일을 하는지 모
릅니다"(루카23:34)

달력

새해가 밝았다

해마다 달력을
이방 저 방에 걸어
어디서든
세상 돌아가는 날 자를
봐야 하는데

경제가 어려워서인지
핸드폰을 다 가져서 그런지
달력 구하기가 쉽지 않다

잠에서 깨어나면 달력을 보고
식탁에 앉아서도 보고
TV를 보다가도 보고
건넌방에서도 보고
화장실에 앉아서도 봐야 하는 달력

지난달 지금 달
다음 달도 보는
세 칸짜리 달력

벽에 걸었다

덤덤하게 살기

한때는

함께 살기를
나에게 관심 가져주기를
너무 보고 싶어 안달하고
무관심에 울화가 치밀기도 했지

이제는
덤덤하고
자기 볼일이 있겠지
바쁜가 보군
내일 문자 오겠지

없이도 살았고
지금 다른 일에 매달리다 보면

세월의 삶은
또 나를 정화해 주니

오늘
평안하고 행복하다

반갑습니다

어제 글벗 백일장에서

저를 보고
웃어주신 분

손 내밀어 주신 분
안아주신 분

그리고
말 붙여 주시고
함께 사진 찍으신 분

모두 감사드립니다

또
반갑게 만나요

배밭의 참사

배밭(梨泰院)에서 참사가 난 뒤
유실물이 1.5톤가량이라며

질서 정연하게 정돈된 사진을 보다
울컥 눈물이 나온다

가지런한 신발들과
수많은 옷가지 안경 이어폰 가방들

주인들은 모두 어디로 간 것일까
널브러졌던 물건들이
질서정연하게 주인을 기다리는데

숨 막혀 떠난 젊은 영혼들은
안타깝기만 하다

그나마 깁스(Gips)를 한 생존자가
자기 물건을 찾으러 온 사진은

작은 희망

국가에 희망을 걸어본다

버스는 막 떠나고

강남에 모임이 있어
15분 걸어 버스 정류장으로 나가니
손님을 싣고 막 떠난다

25분에서 30분 다음 차를 기다리며
정류장 건너편 장흥우체국의 전광판을 보니
정부가 믿을 수 있는 금리를 지원한단다

지하철을 두 번 갈아타고 강남에 가서
친구들을 만나 점심 후
대화를 나누고 돌아온다

연신내 지하철 계단을 빠르게 올라와서
도로 가운데 버스 정류장을 보니
집에 가는 시외버스가 막 도착해서
손님을 싣고 건너지 못하는 나를 남겨두고
버스는 미련 없이 떠난다

정류장 건너편에 한방병원 간판을 보고
내 차는 몇 분 후에 오는지를 연신 본다
이제 알았다
나는 내가 타야 할 차보다
항상 너무 일찍 도착했던 것이다

사랑은

며칠째 사랑이 무엇인지
알 수가 없다

누구를 사랑하는지
누구에게 사랑을 받는지
.

.

.

뜰에 나가
나무를 보면서

사랑은
아무 말 없이
기다려 주는 것임을 깨달았다

사랑은
기다려 주고
기도해 주는 것이란 걸

서울 스카이

서울 장안에서 가장 높은
남산 타워

1960년대 남미로 이민 가는 친구
서울을 잊지 말라며 송별차 오르고

결혼해서 아이들과
타워 레스토랑에 갔던 일

서울 사대문 안은 잘 아는데
그때나 지금이나 한강 아래는 생소하다

잠실 높은 빌딩
친구들과 점심 먹고
쏜살같이 엘리베이터 타고 올라
사방을 둘러보니 아파트, 아파트
그리고 아파트 숲

멀리 삼각산과 보현봉 불암산이 보이고
올림픽 경기장과 수많은 한강 다리

남산 타워는 멀리 작게 보이는데
내 추억은 남산에 걸쳐 있다

술 한 되를 받아 왔어요

술 끊은 지 20년 아니 30년
술 한 됫박 샀지요

술맛이 좋아서
마시고 또 마시면
일어나지 못하는 앉은뱅이 술
충청남도 서천군 한산면의 소곡주

오늘 킨텍스 가구 전시회에 갔다가
먹지도 못하는 술 한 됫박을 샀어요

이제는 술을 보고도 안 먹을 수 있어서
맛과 향이 너무 좋은 술이라
좋은 사람들이 오면 따라주고 싶어서
마시고 입맛 다시는 모습이 보고 싶어서

최고급 포도주 보다
소곡주 한 되가 더 가치 있어
냉장고에 넣고 가끔 열어볼 겁니다

들여다볼 때마다 취한다

스물아홉 살의 만남

스물셋 나이에 대학교를 졸업하고
소도시 남자고등학교 1학년 담임
다음 해 다시 2학년 담임
학생들 마음속에 들어가 살았다

서울 와서 29살 되던 해 2월
노처녀 여선생이 전근을 왔는데
말이 적고 내 맘에 꼭 든다

어머님이 좋아하실 모습
아니 나의 인생 동반녀
결혼하자고 했더니
내년에 하면 좋겠단다
그건 승낙인가

명동성당에서 혼배를 하고
딸 아들 낳고 잘 사는데

멀리 사는 아내가 장염인데
잘 관리하고 있으니 걱정하지 말라며
전화하지도 먹을 것도 보내지 말란다
아내는 동갑 노인인데
평생 사랑하오

시집이 왔어요

오늘 시집이 왔어요
튼튼하게 포장해서
두 묶음

깨끗한 모습
가슴 떨며 풀어 봅니다

하늘타리 꽃
하얗게 핀 옷 입고

속살을 펴보니
지나온 이야기들이 빼곡한데

묶어 묶어
한 권의 책이 되어
내게 왔어요

첫 시집詩集
가슴 떨려요

난
시인詩人

빛난 추억이 일군 사랑의 상상력
- 조칠성 시집 『난곡재의 사계』를 읽고

최봉희(평론가, 글벗 편집주간)

글쓰기는 쉽다. 누구나 쓸 수 있는 즐거움이 있는 예술이다. 성실하게 매일 쓰고 또 글을 계속 쓰면 잘 할 수 있다. 글은 거창한 것이 아니며 특정인만 쓰는 전유물도 아니다. 누구나 아무 때나 장소에 구분하지 않는다. 핸드폰으로 카톡이나 문자를 쓰는 것처럼 편하게 쓰면 된다. 더욱이 글쓰기는 특별한 준비도 필요 없다. 특별한 장소나 특별한 시간도 필요하지 않다. 그냥 처한 상황에서 편하게 쓰면 된다. 시도 마찬가지다. 시 쓰기도 누구나 할 수 있다. 마음만 먹는다면.

다만 '글을 왜 쓰는가, 시를 왜 쓰는가'라는 질문에 답할 수 있다면 좋다. 사실 나에게 글을 쓰는 특별한 이유는 없다. 무엇인가가 자꾸만 나를 습관처럼 글쓰기로 이끈다. 몸과 마음에서 시를 쓰고 싶다는 욕망이 불끈 일어난다. 어쩌면 글을 쓰는 이유는 생각을 담는 행위 때문이리라. 굳이 말한다면 일기를 쓰듯이 매일 매일 추억을 담고자 함이요. 아울러 내 삶을 기록하기 위함이다.

추억은 참으로 아름답다. 인생의 과정과 연륜이 들어 있기에 더욱 그렇다.

내가 속한 글벗문학회에는 매일 빠짐없이 일상의 추억을 시로 쓰는 작가가 있다. 바로 조칠성 시인이다.

조칠성 시인은 2022년에 계간 글벗에서 시로 등단한 이후에 자신의 삶을 일기를 쓰듯 매일 시를 쓰고 다듬으면서 삶을 기록하고 있다.

지난해는 첫 시집 『난곡재의 행복』을 발간했다. 지금껏 시인이 쓴 시의 분량은 다섯 권의 시집을 발간할 만큼의 시를 써왔다.

이제 두 번째 시집을 발간한다. 교육계에서 40년 가까이 음악 교사로 근무하다가 정년퇴직한 시인이다. 현재 자신이 삶의 터전인 양주에 난곡재를 짓고 80여 년의 인생을 다시금 추억하면서 회상하고 있다.

조칠성 시인의 시적 특징은 한마디로 자신의 삶을 성찰하면서 자연과 함께하면서 깨달은 인생의 가르침을 시로 표현하고 있다. 필자는 이를 '빛난 추억이 일군 아름다운 상상력'으로 표현하고 싶다.

1969년 첫 번째 학교에 부임해서
사진반을 운영하며
현상 인화 확대 암실 작업을 배우고
평생의 취미가 되었는데

수많은 사진을 찍었지만
필름으로만 남긴 사진도 많다

변환시키는 것을 알고
아마존닷컴에 변환기를 주문하고
묵혀둔 추억이 되살아나기를 기대해 본다

앨범 속의 추억을 가끔 열어보지만
끊어진 시간이 이번에 이어질지

서울 장안을 뛰어다니던 시절은 가고
컴퓨터 앞과 정원에 나가고
석현천 4킬로를 걷는 단조한 시간들

추억아 다시 살아나서
행복을 충전해다오
– 시 「추억 되살리기」 전문

이 시는 시인이 지난 시절의 사진 필름을 복원하면서 겪었던 경험을 적은 시다. 지난 추억을 되살리는 행복을 충전해 달라고 소망하고 있다. 시인에게는 지난 추억이 어쩌면 행복한 삶을 살았던 보람과 기쁨이었으리라.

위에서 보는 바와 같이 조칠성 시인의 시적 특징은 일기를 쓰듯이 매일 자신의 삶을 성찰하는 글을 쓰고 있다는 것이다. 인생의 깨달은 바를 조곤조곤 적고 있다. 이것이 시인이 살아가는 가장 큰 행복이다.

선운사 동백꽃은
5월 중간고사 때 피어
몇 번 구경을 갔는데

11월부터 피는 남녘 아기 동백꽃은
사진으로만 보게 된다

제주도 동백꽃 군락도
끝 무렵에 몇 번 가보았고
만개했을 때는 못 가봐서 아쉬웠다

그나마 예쁜 기억은
천리포수목원에 동백이 피던 어느 날
밀러 원장님 나를 인도하여
귀한 동백꽃을 설명해 주시던 추억

동백은 오늘도 꽃송이 전체가
뚝뚝 떨어지는 소리가 들리며
너는 왜 오지 않냐고

동백아
이제는 너를 봐야지
비올레타가 죽기 전에
– 시 「아기 동백꽃」 전문

　시인은 천리포수목원에서 예쁜 기억을 회상
하면서 아기 동백꽃을 설명해 주던 천리포수
목원 설립자인 밀러(Carl Ferris Miller 한국명
민병갈)원장과의 추억을 되살리고 있다. 1921

년생인 민병갈 원장은 미국인으로 1945년 제2
차 세계대전 당시 미군 정보장교로 이 땅을
밟은 이후 한국의 산하와 풍속에 매료되어 한
국인보다 더 한국적으로 산 분이다. 1962년
농원 부지로 구입한 3천 평의 땅에서 시작하
여 18만 평에 이르는 수목원을 오로지 개인의
사재를 털어 만든 분이다.

버리지 못한 신발들
신장에 가득하다

무대에서 연미복에 맞춰 신던
검은색 드레스슈즈
한여름에 끈으로 엮은 망사 가죽구두

고급 가죽 등산화
발이 편한 SAS구두

수많은 운동화는 더럽고 해지면
버리지만 애착이 가는 가죽구두

1960년대 을지극장 부근
송림 등산화를 맞춤하여
수 없는 산과 들을 오르고 달리던 추억

해진 송림 등산화 뚫린 구멍마다
추억이 있어 버리기 힘들었다

이제 정장을 입고 나설 데도 없고
무대에 서서 지휘할 때도 없지만

신발은 잠시 더 신발장에 넣어 둔다
　　- 시 「신발」 전문

신발은 그 사람의 삶의 역사이자 흔적이다. 지난 삶의 역사를 돌아보는 교육자로 정년퇴직한 시인의 삶의 고스란히 드러난다. 신발장을 바라보면서 삶의 추억을 떠올리고 다시금 정리하는 시인의 모습에 숙연해진다. 더불어 생생하게 그 모습이 전해온다.

　　한여름 깊은 밤
　　열린 문으로 계곡 물소리가 들린다

　　허기진 캠핑을 채우러 한밤중에
　　주섬주섬 장비를 챙겨 서울 밖 산으로 간다

　　농다치 고개를 넘고 어비계곡으로 들어가
　　물가에 주차하고 천막을 치는데
　　전등을 **빼놓고** 와서
　　차 전조등을 비춰 설치하고
　　짐 속에서 랜턴을 찾아 켜놓고 식사를 하며
　　하늘의 무수한 별들을 바라본다

　　계곡의 작은 개천은 깊은 밤이오니
　　세상의 소리 나는 것들이 멈추자
　　어느새 큰소리 코골이로 변했다

　　오늘 문밖에서
　　개천이 코 고는 소리 들으며
　　참으로 오래된 추억 기억났다

그런데
집 앞 개천은 오래전부터 흘렀다
- 시 「오래된 기억」 전문

　오래전부터 흐르던 계곡의 물소리가 지금껏
들리지 않았다. 어느 순간에 그 계곡물 흐르는
소리가 들리는 것이다. 특별히 계곡물 소리를
개천이 코 고는 소리로 들린다는 표현이 인상
적이고 재미있다.
　특히 지난날 캠핑하던 추억을 떠올리면서 자
연의 목소리를 제대로 듣지도 못하고 교감할
수 있지 못했던 상황을 성찰한다. 현재 양주
장흥면에 자연과 벗하면서 살고 있다. 이제 자
연의 목소리가 들리고 그들과 매일 소통하는
삶을 살고 있다.

바람을 따라
꽃향기 퍼진다

쥐똥나무 톡 쏘는 작은 꽃향기
장미나무 향기 은은하고
밤나무 향 비릿한데

밤나무 향과 함께 흘러오는
아름답고 달콤한 추억

60년 전 교복을 입은 남녀가
능내역에서 내려 북한강이 보이는
강 언덕 밤나무 밑에 앉아

강을 바라보며 이야기하던 추억

배에서 고기 잡던 어부와
강물을 쳐다보며 한 이야기가
기억은 또렷하지 않지만

그 장면은 아직도 밤나무 향이 흐르면
추억은 되살아난다
　　　　— 시 「유월」 전문

　어릴 적 추억을 떠올리면 참으로 순수하고
깨끗하다. 그 추억을 보물로 삼으면 순수와 설
렘을 오래 간직할 수 있다. 그런데 살아가다
보면 우리는 어린 시절의 순수함을 잊어버리
는 경우가 많다. 더욱이 복잡한 세상에서 살다
가 욕심과 조급함으로 상처를 입는 경우가 많
다. 시인은 그때마다 어릴 적 기억을 꺼내서
복잡하고 때 묻은 마음을 씻어내곤 한다. 바로
거기에는 친구 같은 자연의 향기가 함께 한다.
자연과 어린 시절의 순수와 설렘은 삶을 귀하
고 아름답게 한다.

친구와 을지로3가역에서 만나
1번 출구를 나와
청계천 방향으로 걷는데
한 친구가 을지극장 자리네 하고
또 한 친구는 어딘지 모르겠네 한다

점심을 먹고 나오며

여기 송림 등산화점이 있어서
1970년대 등산화를 샀는데 하며 보니
거기 3층에 오래된 등산화점이 있다

예전 산 사나이들은 이 집 등산화를
신고 바위에 올라 폼을 잡던
그 등산화점이 거기 그냥 있다

그리고 예전에 먹던
준치 찌개 음식점을 찾아본다
썩어도 준치라는 맛난 준치 찌개

극장은 문 닫은 지 오래고
준치도 요즘 잡히지 않아 맛을 모르는데
1936년 개업한 등산화점은
대를 이어가고 있다
      – 시 「을지로3가의 추억」 전문

 가슴에 쓰인 것은 잊히지 않는 법이다. 시인
은 지난 시절의 추억을 더듬으면서 가슴에 남
은 이야기를 만들어가고 있다. 가슴에 남는 이
야기는 내 삶에 참된 것들이다. 모든 것이 변
해도 변하지 않는 것이 있는 법이다. 1936년
에 개업한 송림 등산화점이 있는 것처럼 우리
는 가슴에 남은 이야기를 만들어야 한다. 훗날
되돌아볼 때 흐뭇하면서도 혼자라도 웃을 수
있는 이야기를 지금 만들어야 한다. 진정한 삶
은 내 가슴에 쓰인 다음에 다른 사람의 가슴
에도 그대로 남는 법이다.

55년 전 1967년 7월 10일
서울의 동쪽 역 성동역에서
경춘선을 타고 강촌역으로
캠핑을 떠났다

그 시대의 멋을 살려 폼을 잡고
군부대에서 나온 장비로 짐을 꾸리고

대학 시절의 친구들과 캠핑은
몇 밤을 지새우고도 힘이 넘치던 때

다리 밑에 천막을 치고
북한강에 들어가 물놀이하고
반합에 장작불로 지은 밥과
꽁치통조림에 감자 양파를 넣은 찌개

모래밭에 모닥불을 피우고
별을 바라보며
모두 잠든 천막 앞을 지키던

낮에는 강물에 누군가 배를 띄우고
빠져 죽은 영혼을 위로하던 장면들

귀가해서 모닥불을 지피던 장작이
옻나무라
몸에 옻이 올라 고생하던
추억은 아슴푸레하다.
– 시 「강촌의 추억」 전문

많은 삶의 이야기는 흘러가 버린다. 나중에
내 가슴에 아무것도 남아 있지 않다면 내 삶

이 얼마나 허망할 것인가. 그래서 진실과 사랑이 담긴 아름다운 이야기를 만든다. 그리고 기록해야 한다. 그런 의미에서 조칠성 시인이 매일 쓰고 있는 삶의 이야기는 그 가치와 힘이 넘친다. 가슴에 쓰인 이야기가 내 삶을 새롭게 하기 때문이다. "참으로 기억되는 것은 가슴속에 쓰인다"는 스코틀랜드의 격언처럼.

서울 장안에서 가장 높은 남산 타워
1960년대 남미로 이민 가는 친구
서울을 잊지 말라며 송별차 오르고

결혼해서 아이들과
타워 레스토랑에 갔던 일

서울 사대문 안은 잘 아는데
그때나 지금이나 한강 아래는 생소하다

잠실 높은 빌딩
친구들과 점심 먹고
쏜살같이 엘리베이터 타고 올라
사방을 둘러보니 아파트, 아파트
그리고 아파트 숲

멀리 삼각산과 보현봉 불암산이 보이고
올림픽 경기장과 수많은 한강 다리

남산 타워는 멀리 작게 보이는데
내 추억은 남산에 걸쳐 있다
- 시 「서울 스카이」 전문

시인의 가슴에 남아 있는 아름다움은 남산 타워다. 헤어지는 친구와 서로 잊지 말자면서 오랜 곳이고 가족과의 추억이 남아 있는 곳이다. 그래서 오래도록 가슴 속에 남아 있다. 아름다움은 나에게 직접 찾아온다. 다른 사람이 아무리 전해줘도 내가 직접 보고 느낀 것이 아니면 아름답지 않은 법이다. 추억도 마찬가지다. 단순과 복잡, 소박함과 화려함을 떠나서 있는 그대로의 상태로 즐거움을 준다. 순수한 권위와 품위가 있어서 아름다움을 떠올리면 바로 마음이 밝아지고 생각이 맑아진다.

정원을 갖길 소원해서
내 정원 꾸미기를 평생 구상했다
정년하고 작은 정원을 장만했다

잔디를 심고
나무를 심고
야채를 키우고
풀을 뽑고
정원을 볼 새가 없었다

어느새 18년
이제는 정원을 감상한다

풀도 자라고
나무도 자라고
열매도 열고

음악도 안 듣고
책도 안 보고

오직 정원만 본다
평화가 온 가득하다
— 시 「정원」 전문

　시인에게는 정원은 즐거움을 준다. 학창 시절
과 음악 교사로 즐겨한 음악도 책도 안 본다
고 했다. 오직 정원만 바라본다고 했다. 기쁨
과 행복을 주는 삶이다. 정원만 떠올리면 마음
이 밝아지고 생각이 맑아지는 상태다. 바로 정
원은 시인에게 직접 만날 수 있는 가장 선하
고, 가장 고귀한 존재다. 가장 즐거운 감정을
주는 장소다.

농부는 소달구지에 짐을 싣고
자기 지게에도 짐을 지고
달구지 옆을 걸어간다

노벨상 수상 작가 펄벅 여사는
달구지에 지게 짐을 싣고
사람도 타고 가면 편할 텐데 하니

농부 하는 말
소가 종일 힘든 일을 했는데
짐은 나누어져야죠

이게 한국 사람의 정

이태원에서 양보를 안 하고 밀어붙여
154명의 젊은이가 먼 길을 떠났다

한국인이 가진
정은 어디로 갔을까

배밭梨泰院으로
하얀 국화를 보낸다
– 시 「소달구지」 전문

　시인은 소달구지에서 이태원 참사를 떠올린
다. 그리고 그의 원인을 '한국 사람의 정'으로
분석한다. 사라진 양보의 미덕과 여유를 어떻
게 찾을 수 있을까? 시인은 비유적 표현으로
묻고 대답한다. 현실의 아픔을 그렇게 간파한
것이다. 우리에게 양보하는 사랑이 없는 것이
다. 그의 분석과 비유에 공감하게 된다.
　우리는 우리의 사랑이 시들지 않게 할 의무
가 있다. 사랑을 유지하는 노력, 사랑을 새롭
게 하고 열매를 맺으려는 노력을 일상생활에
서 실천해야 한다. 시들도록, 잊어버리고 내버
려 두면 훗날 우리의 이야기는 아무것도 남지
않는다. 그래서 시인은 오늘도 일기를 쓰듯 어
제를 추억하면서 오늘의 시를 쓴다. 여러 해가
지나도 사랑은 시들지 않아야 한다. 지금도 시
인의 사랑은 시를 통해서 피어나고 있다. 이것
이 진정한 사랑이 아닐까?

낳아 주시고 / 품어 주시고
먹여 주시고 / 보호해 주시고
자맥질 가르쳐 주셔서

편안히 잘들 때 보호해 주시고
언제나 지켜주셔서 감사합니다

수많은 들고양이로부터
한 마리도 잃지 않으시고
잠 못 자고
지켜주심에 감사합니다

또
제가 떠날 때
손 한번 흔들지 않고
기운차게 떠나는 걸 바라보심에
감사드립니다

그런데 지금
어머니
보고싶습니다
 - 시 「어머니, 사랑합니다」

　시인이 매일 쓰는 추억을 담은 시적 상상력
은 어쩌면 그리움과 사랑 때문이리라. 그 사랑
은 자신과의 대화이기도 하지만 추억과의 대
화이기도 하다. 그 추억의 대화에는 사랑이 담
겨 있는 것이다.

회초리 같은 묘목을 심어
성목으로 자라 풍성한 열매가
주렁주렁 달리기를 기대하지만

거름주기, 전정하기, 병충해 방제
함께 해야만 나무가 열매를 많이 달지요

그러니 나무들과 대화를 해야 하고
만지고 들여다보고 사랑을 줘야 합니다

넘쳐나는 과일과 남새들은
거두고 따지 않으면
어느새 늙어 속 씨가 커지거나
폭우에 사그라들지요

작은 열매가 익으면
새들이 먼저 다녀갑니다
새벽같이 해가 뜨면 일어나
내 밭에 들려 아침 식사를 하니
내가 가보면 익은 열매는 없고
내일 익을 열매만 있지요

농사는 나누어 먹어요
– 시 「농사가 쉽지 않아요」 전문

  시인은 농사를 지으면서 자연과 대화하면서
서로 나누는 것은 물론 이웃과도 소통하는 사
랑을 실천하고 있다. 그래서 그의 시는 이야기
가 있고 사랑이 있기에 아름답다.
  내가 행복하기 위해서는 자연도 그렇고 이웃

이 행복해야 한다. 남과 상관없는 나만의 행복
이란 존재하지 않는다. 행복은 소유가 아니라
사랑의 관계에서 찾아온다. 이웃을 행복하게
하려면 내가 행복해야 한다. 이웃이 행복하면
우리 집도 행복하다.

올겨울은 너무 춥다
소한 추위가 예년과 비슷하다는데
낡은 농가주택은 난방을 많이 해야
집안에서 활동이 편하건만

금년 더 춥게 느끼는 건
나이 탓이려니

날이 가물어 바짝 마른 농토에
단비가 사흘이나 내려
쌓인 눈을 치우고 숲을 배부르게 했다
보는 나는 행복하다

비 오기 전이면
차를 닦고 싶은 마음이 드는걸
참고 견디니
비가 더 예쁘다

비가 오니
날이 풀려 안 추워

또 좋다
- 시 「겨울비」 전문

시인은 겨울에 내리는 비를 단비로 여긴다. 세차하려다 겨울비가 내리니 행복하다고 말한다. 날이 풀리는 시점이기도 하지만 작은 일상에서 행복을 느끼는 시인의 마음이 넉넉하다.

> 1953년생 첫 제자를
> 1969년 처음 교단에서 만났는데
> 구정과 추석이면 선물을 보낸다
>
> 제자에게는 내 시집을 한 권 보냈더니
> 혼자서 외롭게 사는 줄만 알았는데
> 나무와 풀과 자연들과 살며
> 행복한 모습을 알고 배웠단다
>
> 제자는 열심히 살아
> 재물도 얻고 자식 농사도 잘 지었는데
> 너무 앞만 보고 왔다며
> 이제 주변을 둘러보아야겠다고
>
> 일흔이 넘은 내 첫 제자
> 아직도 내게 배움이 된다며
> 감사를 보낸다
>
> 자연은 언제나 침묵하지만
> 늘 감동하고
> 나는 앞서서 배울 뿐
> – 시 「전화가 왔다」 전문

나의 행복은 이웃에게 영향을 준다. 내가 행복하면 이웃이 행복할 확률이 15% 증가한다는

학설도 있다. 행복은 번지는 습성이 있다. 선한 영향력이다. 더 놀라운 것은 그 행복의 향기가 다시 내게로 돌아와 나도 그 향기에 젖는다는 것이다. 자연 속에서 시 쓰는 행복을 제자들과 나누었더니 그 행복이 전해지고 다시 또 내게로 감동으로 돌아온 것이다.

지금껏 조칠성 시인의 두 번째 시집 『난곡재의 사계』 작품을 살펴보았다.

우리에게는 세 가지의 행복이 있다. 사람과 사람 사이에 서로를 그리워하는 행복, 서로 마주하면서 함께 살아가는 행복, 그리고 마지막으로 끊임없이 자신을 줌으로 얻는 행복이 그것이다. 이 세 가지 행복이 있다면 지금 우리는 사랑하는 것이다.

온몸으로 목을 칭칭 감고
분 냄새를 내면서
얼굴은 빨개지고

달콤하고
시큼하고
매콤하고
짜고
맵다

오미자 덩굴
꽃피웠다
– 시 「미자 씨 사랑해요」 전문

시인은 자연과 함께 인생의 다양한 맛을 경험하고 있다. 가족과 제자들과 떨어져서 자연과 함께 살아가면서 추억을 떠올린다. 아울러 그리움으로 사는 행복을 시로 표현하고 있다. 자연의 순수한 가르침에 감동하는가 하면 친구가 되어 매일 자연과 대화를 나누고 있다. 그뿐인가 농사지은 농산물은 물론이고 자신이 쓴 시집을 이웃과 나누는 행복을 경험하고 있다. 이에 필자는 조칠성 시인의 시를 이렇게 평하고 싶다. "빛난 추억이 일군 사랑의 상상력"이라고.

언젠가 한 번은 엉뚱한 질문을 했다. 매일같이 왜 시를 쓰냐고 물은 적이 있다. 그냥 쓰고 싶어서 쓴다고 했다. 글을 쓸 때마다 행복하다고 말한다. 조지 오웰은 『나는 왜 쓰는가』라는 수필 글을 왜 쓰는가에 대해 명쾌하게 답한 적이 있다. 삶의 이야깃거리가 되고 싶은 추억이나 기억을 오래도록 기억하고 내가 경험한 자연과 삶의 세계에 대한 아름다운 묘미를 말하고 싶었을 것이다.

글쓰기는 내 안에 있는 것을 바깥으로 드러내는 일이다. 우리는 이를 '욕구의 발현', 혹은 '생각의 발현', '의지의 발현'이라고 말한다. 다시금 추억을 통한 사랑과 행복의 상상력에 찬사를 보낸다. 아무쪼록 또 또 다른 시집이 다시 출간되어 행복의 시를 만나기를 기대한다. 더불어 시인의 건강과 행복을 응원한다.

■ 글벗시선187 조칠성 두 번째 시집

난곡재의 사계

인 쇄 일 2023년 2월 27일
발 행 일 2023년 2월 27일
지 은 이 조 칠 성
펴 낸 이 한 주 희
펴 낸 곳 도서출판 글벗
출판등록 2007. 10. 29(제406-2007-100호)
주   소 경기도 파주시 와석순환로 16,(야당동)
          롯데캐슬파크타운 905동 1104호
홈페이지 http://guelbut.co.kr
E-mail juhee6305@hanmail.net
전화번호 031-957-1461
팩   스 031-957-7319
가   격 12,000원
I S B N 978-89-6533-244-2 04810